Tom Tinn-Disbury

Nas Nuvens

Tradução de Milena Vargas

GLOBINHO

Era uma vez um menino chamado Billy que amava muito sua mamãe.

Ela também amava muito Billy.

O problema era que
a mamãe de Billy tinha morrido.

Ele gostava de pensar que
agora ela morava nas nuvens.

Billy não gostava que sua mãe morasse nas nuvens,
mas não ficava triste com isso o tempo *todo*.

De manhã, Billy ia até a janela do quarto para ver como estava a nuvem da mamãe.

Muitas vezes, imaginava como devia ser lá em cima, na nuvem dela.

Nos dias de céu azul, Billy e papai iam brincar no jardim até ficarem cansados demais para continuar a brincadeira.

Na verdade, esses dias eram os melhores.

Billy sabia que mamãe tinha pedido ao Sol para encher os dias deles de luz.

Também tinha dias que a nuvem da mamãe tomava o céu, mas com um tom bonito e luminoso de branco.

Nesses dias, como a nuvem dela ficava maior, Billy sentia que mamãe estava mais perto. Ele conversava com ela, mas às vezes isso só o deixava com mais saudade.

Papai ficava um pouco estranho nesses dias.
Ele ficava mais quieto e seu olhar parecia distante,
como se estivesse tentando encontrar
mamãe em algum lugar lá longe.

E havia os dias muito, muito ruins.

Billy sempre podia sentir os TROVÕES lá no alto e via o céu escurecendo.

A nuvem da mamãe ficava tão grande e tão escura, pesada lá no céu. Billy logo sentia as gotas de chuva em sua cabeça.

Billy tentava falar com mamãe, mas com o

VENTO UIVANTE, A CHUVA TORRENCIAL

e os

TROVÕES ESTRONDOSOS

ficava impossível ouvir qualquer coisa.

Billy precisava

GRITAR

e

BERRAR.

Nesses dias, Billy precisava muito do seu pai, mas ele se mantinha em silêncio, e seus olhos ficavam vermelhos e inchados.

O único jeito para Billy era ficar quietinho, fechar os olhos bem apertados e torcer para que o céu clareasse logo.

Aquele era um desses dias chuvosos, cheios de trovão.

Billy estava cansado de saber que sua mãe estava logo ali em cima, mas ele não podia vê-la ou estar com ela. Então, decidiu subir até as nuvens para que pudessem conversar.

Billy sabia que seria difícil.

As nuvens ficavam bem longe, mas se ele colocasse várias coisas umas em cima das outras, e se usasse a escada do galpão do papai, ele achava que conseguiria.

Billy empilhou caixas, livros e panelas o mais alto que pôde.

Depois, pegou a escada e colocou no topo.

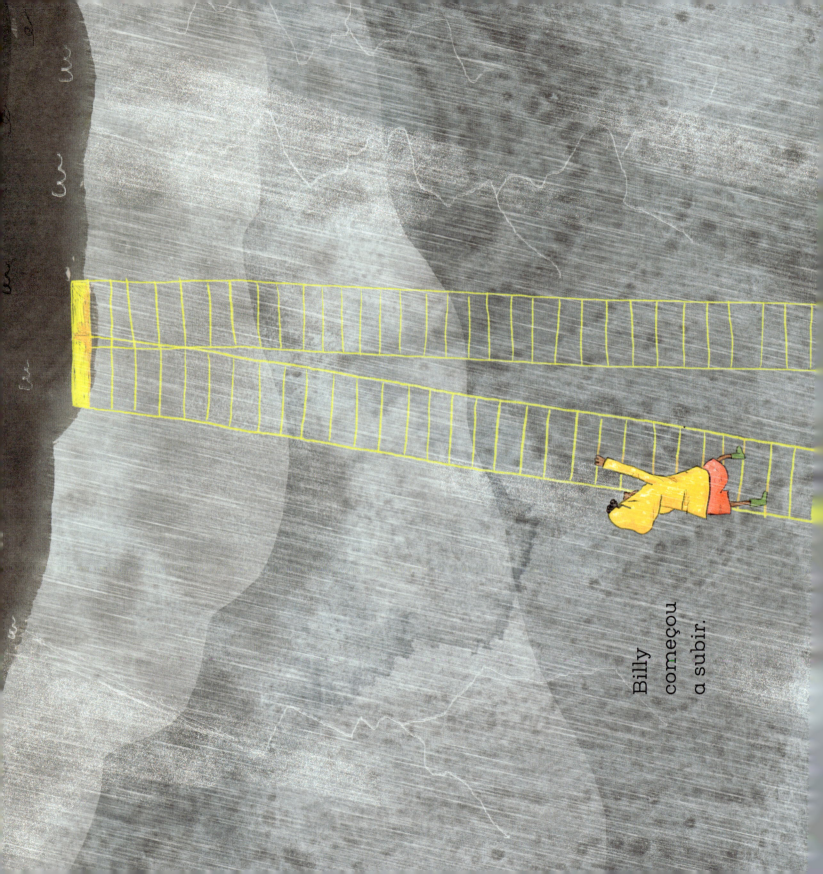

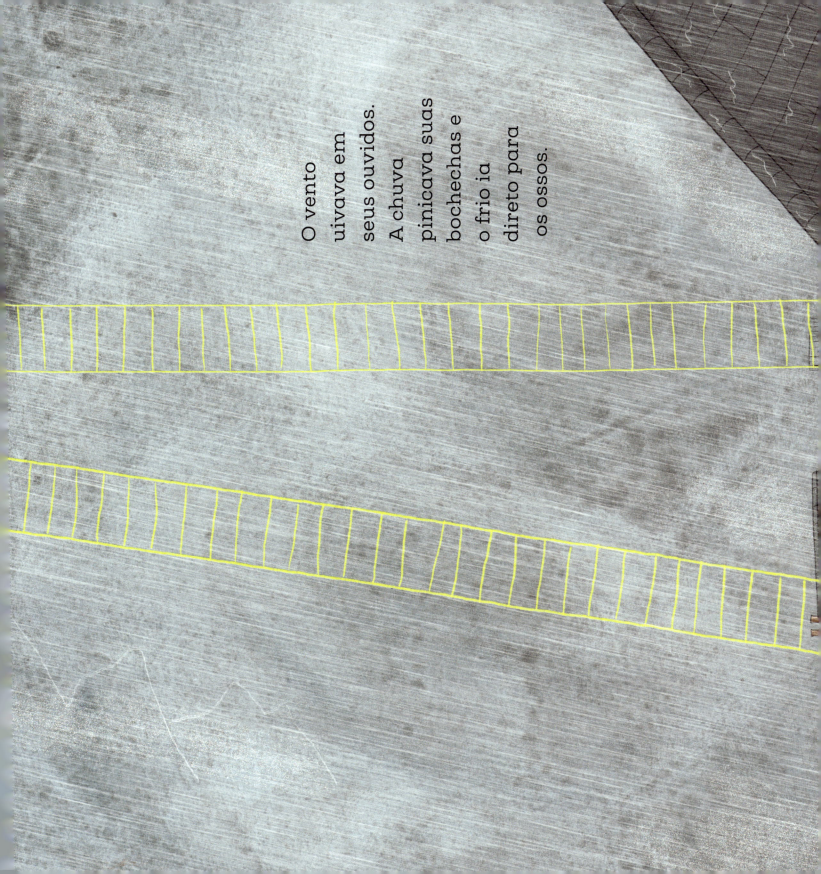

O vento uivava em seus ouvidos. A chuva pinicava suas bochechas e o frio ia direto para os ossos.

Billy gritou o mais alto que pôde chamando sua mãe, desesperado para que ela ouvisse. Mas a chuva e o vento ficaram fortes demais.

Billy escorregou.

Foi como se ele estivesse caindo para sempre.

Então, com um

ahhh

ele foi pego.

Billy abriu os olhos.

"Oi, pequenininho", disse papai.
"Oi, Papai", soluçou Billy.

Papai colocou Billy no chão, se ajoelhou e deu ao filho o abraço mais apertado que ele tinha recebido em muito tempo.

"Por que você estava subindo a escada, Billy?", perguntou papai.

"Sinto saudade da mamãe e queria subir até as nuvens para falar com ela", disse Billy, olhando para os pés.

"Sabe, eu também sinto muita falta da mamãe", falou papai. "Quando isso acontece, falar com ela me ajuda. Gosto de contar pra ela sobre meu dia e tudo sobre você, Billy.

Você também pode falar com ela. Pode fazer isso de qualquer lugar, na cama, na escola ou brincando no jardim."

"Às vezes eu fico muito triste, papai", disse Billy.

"Tudo bem se sentir triste, confuso, com medo ou com raiva, Billy. Até porque nós amávamos muito a mamãe", disse papai.

"Às vezes eu fico triste e com raiva. Mas você sempre pode falar com as pessoas sobre o que está sentindo. Muita gente ama você e vai te ouvir.
Suas tias, seus tios, os amigos da mamãe, sua professora e, claro, você pode falar comigo a qualquer hora.

A gente pode falar sobre as nossas lembranças engraçadas da mamãe.
Ou, se você só quiser um abraço, vou estar sempre aqui para você."

"Eu te amo, papai", disse Billy.
"Também te amo, pequenininho", disse papai.

Como um passe de mágica, a chuva diminuiu, o céu clareou e um arco-íris espetacular se estendeu, atravessando o céu.

Algo no jardim chamou a atenção de Billy.
Ele tinha visto a flor mais linda de todas.

Era alta, de cores vibrantes e cheia de vida.
Billy a plantara com sua mãe muito tempo atrás.

Ele não havia notado quanto a flor havia crescido desde então.

"A chuva da nuvem da mamãe
ajudou ela a crescer", disse Billy.

"É verdade. Algo lindo pode crescer
nos tempos mais nebulosos", disse papai.
"Vamos plantar outra flor ao lado dessa, e
elas vão poder crescer juntas, lado a lado."

Billy e papai sabiam que mamãe estava olhando das nuvens, por isso eles agora podiam enfrentar as tempestades juntos.

Guia para GENTE GRANDE

Pode ser difícil atravessar o luto, especialmente quando seu filho está passando por isso também. Aqui vão alguns conselhos sobre como administrar a situação com seu pequeno:

O que eu devo dizer ao meu filho?

- Tente ser o mais aberto e honesto possível sobre o que aconteceu.
- Utilize uma linguagem simples e apropriada à idade para explicar tudo, e fale devagar para que seu filho possa entender.
- Escute seu filho. É normal não ter todas as respostas, mas é importante que as crianças sintam que você as escuta e apoia.
- Garanta que ele saiba que pode falar a qualquer momento com você ou outras pessoas que preferir.

O que mais posso fazer para ajudá-lo?

- Busque ajuda profissional se estiver preocupado com seu filho.
- Lembre-se: é normal chorar e mostrar suas emoções na frente das crianças. Isso mostra que você também está sofrendo e as encoraja a compartilhar os sentimentos com você.
- As crianças gostam de rotina, por isso tente manter tudo o mais normal possível. Mas se esforce para ter também algum tempo de diversão compartilhada.
- Fale sobre a pessoa que morreu. Pode ser bonito compartilhar lembranças e comemorar aniversários e outras datas importantes.

Recursos:

- Psicólogos: profissionais independentes que oferecem psicoeducação e terapia familiar para ajudar crianças e adultos em temas difíceis.
- Centros de Assistência Social e Psicossocial (CRAS): oferecem atendimento psicológico para famílias em situação de vulnerabilidade.
- Núcleos de Psicologia nas Universidades: muitas universidades públicas e privadas têm núcleos de psicologia que realizam atendimentos para crianças e famílias em situações de vulnerabilidade emocional, como a morte dos pais.
- ABRATEF (Associação Brasileira de Terapia Familiar): promove a capacitação de profissionais e orientação para situações familiares.

Copyright © Dorling Kindersley Limited, 2021
Uma empresa Penguin Random Company
Copyright da tradução © 2025 by Editora Globo S. A. para a presente edição

Título original: *Lost in the Clouds*

Todos os direitos reservados. Nenhuma parte desta edição pode ser utilizada ou reproduzida — em qualquer meio ou forma, seja mecânico ou eletrônico, fotocópia, gravação etc.— nem apropriada ou estocada em sistema de banco de dados sem a expressa autorização da editora.

Texto fixado conforme as regras do novo Acordo Ortográfico da Língua Portuguesa (Decreto Legislativo nº 54, de 1995).

Editora responsável Jaciara Lima
Revisão Camila Sant'Anna
Adaptação de capa e miolo João Motta Jr.

CIP-BRASIL. CATALOGAÇÃO NA PUBLICAÇÃO
SINDICATO NACIONAL DOS EDITORES DE LIVROS, RJ

T494n

Tinn-Disbury, Tom
 Nas nuvens / Tom Tinn-Disbury ; tradução Milena Vargas. - 1. ed. - Rio de Janeiro : Globinho, 2025.

 Tradução de: Lost in the clouds
 ISBN 978-65-80623-50-1

 1. Ficção. 2. Literatura infantojuvenil inglesa. I. Vargas, Milena. II. Título.

25-96736.0   CDD: 808.899282
                  CDU: 82-93(410.1)

Meri Gleice Rodrigues de Souza - Bibliotecária - CRB-7/6439

1ª edição, 2025

Editora Globo S. A.
Rua Marquês de Pombal, 25 — 20230-240
Rio de Janeiro — RJ
www.globolivros.com.br

www.dk.com

Este livro foi impresso na gráfica Leograf, em papel offset 120g/m².

São Paulo, abril de 2025

Tom Tinn-Disbury

Tom Tinn-Disbury é autor e ilustrador e vive em Warwickshire, Inglaterra. Ele mora com a esposa e dois filhos, e recebe a ajuda de sua cadela Wilma e de seu gato Sparky.

Tom tenta dar aos seus personagens riqueza e vidas plenas, certificando-se de que tenham uma real gama de sentimentos e emoções. Isso foi particularmente importante na criação deste livro.

Tom gostaria de dedicar este livro a todos os trabalhadores que nos ajudam no dia a dia.

Para Tracy, que agora você esteja em paz.

Stacey Hart

Stacey Hart é terapeuta, treinadora, professora universitária e facilitadora de grupo. Especialista em luto infantil e desagregação familiar, Stacey trabalha como especialista em trauma em escolas e empresas. Ela também ganhou o prêmio Family Law Award pelos seus ótimos serviços de apoio.

Stacey apareceu várias vezes na televisão e no rádio como especialista em luto infantil.

Crianças enlutadas como Billy ensinaram-na a ter esperança, rir com gosto e viver cada dia ao máximo.